AF315374

LES AMOURS DÉGUISEZ,

BALET.

REPRESENTÉ POUR LA PREMIERE FOIS
PAR L'ACADEMIE ROYALE
DE MUSIQUE,

Le Mardy vingt-deuxiéme Août 1713.

Le prix est de trente sols.

A PARIS,
Chez PIERRE RIBOU, Quai des Augustins, à la
descente du Pont-Neuf, à l'Image saint Loüis.

M. DCC. XIII.

AVEC PERMISSION.

BIBLIOTHEQUE ROYALE

AVERTISSEMENT.

LES déguisemens de l'Amour sont si ordinaires qu'il ne se montre presque plus tel qu'il est : bien des cœurs qui le reçoivent lorsqu'il s'introduit sous le nom d'une autre passion, le rejetteroient d'abord s'il se presentoit sous le sien : c'est ce qui l'engage souvent à se servir d'un artifice qui lui réüssit toûjours ; on n'a exposé dans ce Balet que trois de ses Déguisemens pour éviter l'uniformité qui se seroit trouvée necessairement dans la maniere d'amener les situations & de les developper ; c'est cette même raison qui a déterminé à changer de plan dans l'entrée de l'Estime : Si l'Amour de Julie n'est pas un amour qui se déguise, c'est du moins un amour qui se démasque.

On a fait une pastorale de l'entrée de l'Amitié : un sentiment si pur & si doux semble ne convenir qu'à des Bergers, l'Amour ne peut prendre un déguisement si simple que dans les hameaux & les bocages, séjour de la Paix & de l'innocence. Quand Pâris ignoroit l'éclat de son Sang, la tendresse d'Enone faisoit son bonheur ; en cessant d'être Berger il cessa d'être fidele, & son inconstance causa cette fameuse Guerre de Troye, qui a fourni tant de Heros au Theatre & le sujet de l'entrée de la Haine. Phaetuse sœur de Circé & fille du Soleil, habitoit la Sicile avec ses sœurs. Les Mithologistes disent qu'elles y veilloient à la conservation des Troupeaux consacrez à leur Pere : Ulisse ayant été jetté par la tempête dans cette Isle, les Grecs qui le suivoient furent immolez au Soleil, dont ils avoient tué quelques Taureaux ; voilà le fonds de la Fable : Mais on a vû tant de fois Ulisse sur la Scene, qu'on a mieux aimé y montrer Diomede : ces deux Heros ont couru les mêmes perils & les mêmes mers, & le dernier qui a fondé une Ville en Italie, a bien pû aborder en Sicile, on a seulement annobli le danger des Grecs, & la fureur de Phaetuse en donnant un principe plus illustre à sa colere.

Quand à l'arrangement des Entrées on n'a eu égard qu'à la commodité des Acteurs qui representans divers personnages n'auroient pas eu le tems de changer d'habits si on avoit suivi une autre disposition. Si l'on n'en dit pas davantage, ce n'est pas qu'on croye ce Balet exempt de défauts, mais il est inutile aux Auteurs de défendre leurs Pieces de Theatre. C'est au Public à les justifier ; heureux qui peut en l'amusant l'interesser dans la défense de ses Ouvrages, & meriter qu'il en devienne l'apologiste contre la satyre outrée & les prétendus connoisseurs.

PERSONNAGES
DU PROLOGUE.

VENUS,	Mademoiselle Poussin.
MINERVE,	Mademoiselle Antier.
BACCHUS,	Monsieur Hardoüin.
Un Plaisir en Matelot,	Monsieur Mantienne.
Un Satyre,	Monsieur Pelissier.
Une Amante,	Mademoiselle Limbourg.

PREMIERE ENTRE'E.

DIOMEDE, *Roi d'Etolie*,	M* Theverard.
PHAETUSE, *fille du Soleil*,	M* Journet.
DIRCE', *Nymphe*,	M* Antier.
Une Habitante de l'Isle de Phaétuse,	M* Dun.
Le grand Sacrificateur du Soleil,	M* Mantienne.

DEUXIEME ENTRE'E.

ENONE *Nymphe*,	Mademoiselle Heuzé.

ISMENE *Nymphe,*   Mademoiſelle Pouſſin.

PARIS *Berger, Fils du Roi Priam,*   Me Cochereau.

Une Bergere,   Mademoiſelle Antier.

TROISIE'ME ENTRE'E.

OVIDE *Chevalier Romain,*   Monſieur Thevenart.

JULIE *Fille d'Auguſte,*   Mademoiſelle Journet.

ALBINE *Dame Romaine,*   Madem. Limbourg.

Une Habitante de l'Iſle de Chypre,   Madem. Antier.

Un Indien,   Monſieur Cochereau.

Un Scithe,   Monſieur le Mire.

Une Boëmienne,   Mademoiſelle Dimanche cadette.

DIVERTISSEMENT
DU PROLOGUE.
AMANS.
MESSIEURS
F. Dumoulin, D. Dumoulin.

AMANTES.
MESDEMOISELLES
HAREN, ISECQ.

PLAISIRS *en Matelots*.

Messieurs Germain, P-Dumoulin & Gaudrau.

GRACES *en Matelots*.

Mesdemoiselles Mangot, Dimanche cadette, & Corbiere.

SATYRES.

Messieurs Duval, Guyot, Dangeville-C. & Rameau.

BACCHANTES.

Mesdemoiselles Lemaire, Leroy, Rameau & Dimanche-L.

PREMIERE ENTRE'E.

GRECS.

Monsieur Blondy *seul*.

Messieurs Dumoulin-L., Marcelle, Germain Gaudrau,
Javilliers, & Pierret.

NYMPHES.

Mesdemoiselles Isecq, Haren, Lemaire, Leroy, Mangot,
Dimanche-L.

SECONDE ENTRE'E.

BERGERS.

Messieurs D-Dumoulin, P-Dumoulin, Dangeville-C.
& Duval.

BERGERES.

Mademoiselle Prevost *seule*.

Mesdemoiselles Haren, Mangot, & Corbiere.

PASTRES.

M. F. Dumoulin *seul.*
Messieurs Javilliers, Gaudrau, & Pierret.
PASTOURELLES.

Mesdemoiselles Isecq, Rameau, & Dimanche-C.

TROISIE'ME ENTRE'E.

HABITANS de l'Isle de Chypre.

Messieurs Dangeville-L. & P-Dumoulin.

Mesdemoiselles Haren, & Isecq.

Monsieur F-Dumoulin, & Mademoiselle Prevost.

INDIENS.

Messieurs Duval, Guyot, Dangeville-C. & Rameau.

INDIENNES.

Mesdemoiselles Lemaire, Leroy, Dimanche-L. & Rameau.

SCITHES.

Monsieur D-Dumoulin *seul.*

Messieurs Germain, Dumoulin-L., Ferrand, Blondy,
Marcel, Gaudrau, Javilliers, & Pierret.

UNE BOHEMIENNE.

Mademoiselle Dimanche-C.

PROLOGUE.

PROLOGUE.

Le Theatre represente un Port de Mer où la Flotte des Amours est prête à faire voile pour l'Isle de Cythere. Venus est accompagnée des Jeux & des Plaisirs déguisez en Matelots.

VENUS.

Amans rassemblez-vous dans ce charmant
 séjour,
 Embarquez-vous, suivez le tendre amour.
Il va recompenser votre perseverance,

Il veut acquitter en ce jour
Les promesses de l'esperance.
Amans rassemblez-vous dans ce charmant séjour,
Embarquez-vous, suivez le tendre amour.

Les Amans de diverses Nations accourent à la voix de Venus, enchaînez avec des Guirlandes de fleurs.

CHOEUR *des Amours.*

Allez, allez, descendre aux rives de Cythere,
Le tems rit à vos vœux, craignez de le manquer.

CHOEUR *des Amans.*

Allons, allons descendre aux rives de Cythere,
Le tems rit à nos vœux, craignons de le manquer.

CHOEUR *des Amours.*

Mais prenez soin d'embarquer
L'objet qui vous a sçu plaire.

CHOEUR *des Amans.*

Mais prenons soin d'embarquer
L'objet qui nous a sçu plaire.

Divertiſſement des Amans mêlez aux Plaiſirs déguiſez en Matelots.

UNE AMANTE.

Ne craignons point de quitter le rivage,
Le tendre Amour écoute nos ſoupirs ;
Ce Dieu charmant dans le plus rude orage
Nous fait encor éprouver des plaiſirs,
Et nous aimons les peines du voyage
Quand le Port même échappe à nos deſirs.

Bacchus ſuivi des Satyres & Bacchantes vient offrir ſon ſecours aux Amans.

BACCHUS.

Senſibles cœurs qui craignez le naufrage
Ne vous repoſez pas ſur les ſoins de Venus;
Voulez-vous être heureux quand l'Amour vous en-
gage,
Embarquez avec vous les preſens de Bacchus.

Amans verſez du vin dans vos plus belles fêtes,
Son ſecours quand on aime eſt toujours de ſaiſon,
Tandis qu'Amour avance ſes conquêtes
Bacchus amuſe la Raiſon.

A ij

PROLOGUE.

On entend une simphonie grave qui annonce Minerve.

BACCHUS & VENUS.

Dieux ! Minerve paroît, fuyez amans heureux,
Fuyez, n'écoutez pas ses conseils rigoureux.

Minerve descend suivie de ses Nymphes.

MINERVE.

Où courez-vous Mortels ? que ma voix vous arrête :
    Calmez un aveugle transport.
    Quoi voulez-vous quitter le Port
    Pour aller chercher la tempête ?

MINERVE *à sa suite.*

Dégagez ces Mortels de ces fers odieux,
Vous qui suivez mes loix, assurez ma victoire.

VENUS *à sa suite.*

Amours qui me suivez dans ces aimables lieux
Défendez ces Amans, augmentez votre gloire.

La suite de Minerve s'efforce de briser les chaînes des Amans,
& reste enfin enchaînée par les Amours.

PROLOGUE.

CHOEUR des Amours.

Contre nous
Vos forces font vaines,
Cedez à nos coups.
Soyez tous
En prenant nos chaînes
Heureux malgré vous.

MINERVE à sa suite.

Quoi vous cedez ! quelle foiblesse !
Loin de brifer des fers qu'abhorre la fageffe,
Vous les portez à votre tour !

CHOEUR.

Rien ne peut refifter au pouvoir de l'Amour.

MINERVE.

Vous que la vertu feule anime,
Genereux fentimens prêtez-moi du fecours,
Tendre amitié, fincere eftime,
Sans ceffe on nous immole aux perfides Amours,
Uniffons nos efforts, combattons-les toujours.
Armons, armons contr'eux jufqu'à l'affreufe haine,
Il n'eft rien qui ne foit permis
Pour arracher les cœurs à la fatale chaîne
De ces dangereux ennemis.

A iij

VENUS.

Ce projet à Paphos causera peu d'allarmes;
 Contre l'Amour qu'esperez-vous?
L'appui que vous croyez opposer à ses armes
Est celui que sans cesse il oppose à vos coups.

 Quand les Amours veulent surprendre,
 Comment parer leurs coups secrets?
 Ils nous cachent si bien leurs traits
 Qu'on ne peut s'en défendre.

 Bien souvent un cœur abusé
 Croit ne ceder qu'à l'amitié sensible,
A la Haine cruelle, à l'estime paisible
 Lorsqu'il se rend à l'Amour déguisé.

 Quand les Amours veulent surprendre
 Comment parer leurs coups secrets?
 Il nous cachent si bien leurs traits
 Qu'on ne peut s'en défendre.

MINERVE *à sa suite.*

 Suivez un indigne Vainqueur;
Nymphes qui me quittez éprouvez son caprice;
 Je laisse à votre cœur
Le soin de ma vangeance & de votre supplice.

Elle sort.

VENUS & BACCHUS.

Fiere Déeſſe, allez, ne troublez plus nos Jeux;
Et vous qui triomphez de la Sageſſe auſtere
Celebrez ſa défaite & redoublez vos feux,
Ne perdez pas ce jour heureux,
Bacchus vous conduit à Cythere
Et l'Amour doit y couronner vos vœux.

Le Divertiſſement interrompu par Minerve, continuë.

UN SATYRE.

Que d'exploits
L'Amour doit à la treille ;
Il a ſçu cent fois
Choiſir le verre & la bouteille
Pour ſon carquois.
Sans Bacchus l'Amour a des allarmes,
Sans l'Amour Bacchus a moins de charmes,
Il faut les ſervir tous deux
Pour être heureux.
Quand ces Dieux ont réüni leurs armes,
Non, rien n'eſt ſi doux
Que d'éprouver leurs coups.

VENUS *à la ſuite de Minerve.*

Partez, nouveaux Sujets de l'Empire amoureux,
Venez être témoins de nos aimables fêtes,

Qu'à vos yeux en ce jour un spectacle pompeux
Des Amours déguisez retrace les conquêtes.

CHOEUR.

Volez, Zephirs, conduisez-nous
Et calmez l'Empire de l'Onde.
Allons, allons gouter les plaisirs les plus doux
Dans les plus beaux climats du monde.

Ils suivent tous Venus & les Plaisirs & vont s'embarquer avec eux.

FIN DU PROLOGUE.

LES AMOURS DÉGUISEZ,

BALET.

PREMIERE ENTRÉE.

LA HAINE.

Le Theatre represente un Temple antique du Soleil ; au fonds d'un desert ; on voit la Mer dans l'eloigne- ment.

SCENE PREMIERE.

DIOMEDE *seul.*

UE la feinte & le silence
Augmentent la violence
Des tourmens d'un tendre cœur !

B

Contraint de cacher mon ardeur
J’affecte d’éviter le cher objet que j’aime,
L’amour qui cause ma langueur
En est le confident lui-même.
Je ne me plains qu’à lui de sa rigueur.
Que la feinte & le silence
Augmentent la violence
Des tourmens d’un tendre cœur !

Mais c’est trop écouter une vaine tendresse,
Les Grecs impatiens veulent revoir la Grece,
Je n’entens que des vœux qui condannent les miens,
Diomede est-ce à toi d’aimer une Déesse,
Fille d’un Dieu protecteur des Troyens ?
Elle vient, évitons son courroux légitime,
Ciel ! pourrai-je à ses coups ravir une victime
Qu’enchaînent de si beaux liens ?

SCENE II.

PHAETUSE, DIRCE', suite de Phaetuse.

PHAETUSE *à sa suite.*

C'En est fait, il est tems d'immoler à mon Pere
    Les Grecs objets de son courroux ;
Ministres de ma haine empressez à me plaire,
Rassemblez ces Guerriers, livrez-les à mes coups.

La suite de Phaetuse sort pour
executer ses ordres.

DIRCE.

Quel funeste dessein ! Dieux ! quel Arrêt severe !

PHAETUSE.

Non, non, le Dieu du jour n'est pas assez vangé.
Il est tems que la rage à la douceur succede,
Immolons les Vainqueurs d'Illion ravagé,
Commençons par leur mort celle de Diomede.

DIRCE'.

Souvenez-vous des maux qui l'ont persecuté.

PHAETUSE.

Souviens-toi seulement de sa témerité,
    Elle est l'excuse de ma rage ;

Souviens-toi qu’il surprit cette fatale image
Qui des murs d’Illion faisoit la sureté.

Que pour expier leur victoire
Les Grecs perissent dans ces lieux,
Et faisons-leur pleurer la criminelle gloire
De renverser des murs élevez par les Dieux.

DIRCE.
Depuis qu’un terrible naufrage
Vous a livrez ces malheureux vainqueurs,
Par vos soins chaque jour de nouvelles douceurs
Les enchantent sur ce rivage.

PHAETUSE.
Ah ! pour mieux me vanger j’amuse leurs desirs,
Ils doivent ce repos à ma haine inflexible,
Est-il une mort plus terrible
Que celle qui fuit les plaisirs ?
Mais le fier Diomede a trompé ma vangeance,
Rien ne l’occupe sur ces bords,
J’ai fait pour le charmer d’inutiles efforts,
Je le voi chaque jour éviter ma presence....
Je sçai même, je sçai qu’il veut quitter ces lieux....
Croit-il donc m’échapper ce Grec audacieux ?
Je ne puis t’exprimer la haine qu’il m’inspire.
Non, tout mon cœur n’y peut suffire :
S’il avoit pû m’aimer, ô Dieux !
Ma vangeance eût été parfaite,

DEGUISEZ.

Que j'aurois triomphé Dircé, de sa défaite !
Un mépris éclatant de sa plus vive ardeur
Eût été sa premiere peine.

DIRCE'.

Je reconnois enfin son crime, & vôtre haine.

PHAETUSE.

Je ne puis trop punir sa superbe froideur.

DIRCE'.

Que l'indifference
Outrage la beauté !
Elle ne peut en pardonner l'offense ;
Un témeraire amour blesse moins sa fierté
Que l'indifference.

PHAETUSE.

Connois mieux ma fureur.

DIRCE'.

Sous les traits empruntez de l'affreuse vangeance
Le dépit seul déchire vôtre cœur.

Le dépit & la haine ont le même langage,
Mais le dépit est enfant de l'Amour.
Une fiere beauté qu'un insensible outrage,
S'y méprend souvent plus d'un jour :
Le dépit & la haine ont le même langage,
Mais le dépit est enfant de l'Amour.

PHAETUSE.

Tu crois qu'au foible amour j'ai cedé la victoire...
Mais je vois les Grecs enchaînez ;
Commençons les tourmens qui leur font deſtinez,
Dircé je vais bien-tôt juſtifier ma gloire.

SCENE III.

PHAETUSE, DIRCE', *Sacrificateurs du Soleil,*
ſuite de Phaetuſe, Grecs enchaînez.

PHAETUSE.

Miniſtres du Soleil attentifs à ma voix,
  Ecoutez & ſuivez mes loix.
Vangez le Dieu du Jour, vangez le Dieu de l'Onde,
Les Grecs ſont dés long-tems l'objet de leur courroux,
  Que vôtre zele au mien réponde,
Prêtez aux immortels vôtre bras & vos coups.

  Que la terre tremble & fremiſſe,
Que l'Onde en mugiſſant s'éleve juſqu'aux Cieux.
  Que l'Univers applaudiſſe
  A la vangeance des Dieux.

CHOEUR.

Eclatez bruyant Tonnerre,
Secondez nos cris affreux,

DEGUISEZ.

Lancez, lancez sur la terre
Vos plus redoutables feux.

PHAETUSE.

Infortunez Troyens, ô vous ombres celebres !
Si ma voix peut descendre aux rivages funebres,
Apprenez de ces Grecs le supplice & l'effroi ;
Leur sang va laver vôtre offense,
O ! Manes irritez partagez avec moi
Les doux plaisirs de la vangeance.

SCENE IV.

PHAETUSE, DIRCE', *Sacrificateurs du Soleil,*
suite de Phaetuse, les Grecs enchaînez, DIOMEDE.

Les Sacrificateurs se disposent à immoler les Grecs.

LES SACRIFICATEURS.

DEesse, nous allons remplir vôtre esperance.

DIOMEDE.

Barbares arrêtez, portez-moi tous les coups
De la rage qui vous anime ;
Je suis la seule victime
Digne de vôtre courroux.

Hâtez-vous, c'eſt mon ſang que vous devez répan-
   dre,
Ne vangez que ſur moi le plus brillant des Dieux,
   Je l'offenſe plus dans ces lieux
   Que ſur les rives du Scamandre.

PHAETUSE.

Et! quel crime nouveau venez-vous déclarer?

DIOMEDE.

   Pouvez-vous encor l'ignorer?
Je ne viens l'avoüer que pour hâter ma peine,
Ce crime que mon cœur augmente chaque jour.
   Si vous me devez vôtre haine
Songez que tous les cœurs vous doivent de l'amour.

PHAETUSE.

   Ciel! quel aveu m'oſez-vous faire?
   Et qu'oſez-vous en eſperer?

DIOMEDE.

Vous n'auriez jamais ſçu mon ardeur témeraire
   Si je n'étois prêt d'expirer,
   Ah! qu'à ce prix la mort m'eſt chere.

PHAETUSE.

Oubliez-vous mon rang, ma haine, ma fierté?
Vôtre amour contre vous me prete encor des armes.

DIOMEDE.

DIOMEDE.

Se souvient-on du rang lorsqu'on voit la beauté ;
Non, un cœur prés de vous ne pense qu'à vos char-
mes.
 Terminez mon crime & mon sort,
 Mon feu vous offense & m'accable.
 Quoi me trouvez-vous trop coupable
 Pour me donner la mort ?

LE SACRIFICATEUR à *Phaetuse*.

Ah ! c'est trop differer le sanglant Sacrifice
 Que les Dieux attendent de vous ;
Immolez Diomede à leur juste courroux,
Son crime a trop long-tems évité le supplice....
Vous tremblez ! est-ce ainsi que vous sçavez haïr ?
Un moment a changé vôtre cœur implacable ;
Allons, n'écoutons pas une pitié coupable,
 Vous imiter, ce seroit vous trahir,
Frappons.....

PHAETUSE.

Arrête.

LE SACRIFICATEUR.

 O Ciel ! que faites vous ?

PHAETUSE.

      Barbare
Arrête ; la pitié succede à mon courroux ;

Miniſtres de ma haine, allez, retirez-vous.

Les Sacrificateurs, & la ſuite de Phaetuſe ſortent.

Qu'ai-je fait? quel tranſport de mon ame s'empare?
Ma fierté m'abandonne, & ma raiſon s'égare…
    Mon captif devient mon vainqueur.
Je voudrois vainement cacher mon trouble extrême,
Que ne vous diſent pas mes ſoupirs… ma langueur?…
Quelques coups qu'ait voulu vous porter ma fureur
    Vous êtes vangé… je vous aime.

DIOMEDE.

Eſt-il poſſible? ô Ciel! ô deſtin trop heureux!
    Quoi, vous m'aimez! quoi, l'Amour me diſpenſe
    Un bien que jamais l'eſperance
    N'eût oſé promettre à mes vœux!

PHAETUSE.

    L'Amour nous trompoit l'un & l'autre,
A quoi m'expoſoit-il par ſon déguiſement?
Je n'ai connu mon cœur qu'au funeſte moment
    Où je voulois percer le vôtre.

DIOMEDE.

Ah! quel heureux danger! que mon ſort eſt char-
mant!
Comment vous exprimer le doux raviſſement
    De mon ame contente?
Je ne puis que ſentir le bonheur qui m'enchante.

DIOMEDE ET PHAETUSE.

Viens aſſurer par tes plus doux attraits,
  Et nôtre bonheur & ta gloire :
  Amour fais durer à jamais
  Et nos plaiſirs & ta victoire.

PHAETUSE.

Changez, changez triſte ſéjour
Comme les tranſports de mon ame,
Devenez digne de l'amour
Et du cher objet qui m'enflâme.

SCENE V.

Le Theatre change, & represente un Palais magnifique.

PHAETUSE, DIOMEDE, DIRCE', GRECS,
suite de Phaetuse, Nymphes & Habitans de son Isle.

PHAETUSE.

Venez, Nymphes, venez, abandonnez vos bois,
Par vos chants, par vos jeux, marquez moi vô-
tre zele;
Accourez, unissez vos voix,
Celebrez de l'Amour la victoire nouvelle.

DIRCE'.

Guerriers, la paix vous offre un doux loisir,
Que l'Amour seul occupe la victoire;
Autant que Mars il peut donner de gloire
En vous donnant cent fois plus de plaisir.

UN HABITANT *de l'Isle de Phaetuse.*

Amours, lancez vos feux,
Profitez de ce jour heureux,
Volez, augmentez vos conquêtes,

DEGUISEZ.

Embelliſſez nos fêtes,
Regnez, brillez Plaiſirs & Jeux.
Amours, lancez vos feux,
Profitez de ce jour heureux,
Volez, augmentez vos conquêtes.

CHOEUR.

Briſez vos chaînes,
L'Amour a fini vos peines,
Guerriers heureux,
Recevez de plus doux nœuds.
Calmez vos craintes,
Terminez vos triſtes plaintes,
Que vos ſoupirs
Ne ſoient plus que des plaiſirs ;
Nos jeux, nos fêtes
Vous preparent des conquêtes,
Ne manquez pas
Des exploits ſi pleins d'appas.

BIBLIOTHEQUE ROYALE

SECONDE ENTRÉE.

L'AMITIÉ.

*Le Theatre represente un Vallon au pied du Mont Ida,
où les Bergers d'alentour doivent s'assembler pour
celebrer le retour du Printems. La nuit cache encore
les beautez de ce lieu champêtre.*

SCENE PREMIERE.

PARIS *seul.*

Aissble Nuit, suspendez vôtre cours,
Laissez regner encor le silence & les ombres.
    Hélas! les malheureux amours
    Préferent vos nuages sombres
    A la clarté des plus beaux jours.

Paisible Nuit, suspendez vôtre cours,
Laissez regner encor le silence & les ombres.

Le jour naissant interrompt les plaintes de Paris, & éclaire
le bocage témoin de ses soupirs.

Mais quel éclat frappe mes yeux ?
Quoi déja dans les Cieux
On voit briller l'Aurore ?
Les fleurs s'empressent d'éclore
Et d'embellir ce séjour,
Où nous allons bien-tôt celebrer le retour
De la saison de Flore.

On entend un concert de petites flutes qui imitent le chant
des oiseaux éveillez par l'Aurore.

Mille oiseaux rassemblez qui volent dans les airs ,
Par leurs aimables chants previennent nos concerts.

O vous ! pour qui l'amour n'a que de douces chaînes,
Tendres oiseaux vous me rendez jaloux.
Vous chantez vos plaisirs, que vôtre sort est doux !
Je n'ose , hélas ! me plaindre de mes peines.

SCENE II.

PARIS, ISMENE.

ISMENE.

QUoi, lorsque du Printems qui nous rend les plaisirs
Nous allons celebrer le retour & les charmes,
Vous vous livrez toûjours à d'injustes allarmes ?
Troublerez-vous nos jeux par vos tristes soupirs.

PARIS.

C'est seulement dans ce séjour champêtre
Que je leur permets d'éclater ;
Hélas ! l'objet qui les fait naître
Ne daigne pas les écouter.

ISMENE.

L'hommage de Paris devroit flater sa gloire....

PARIS.

Non, la Nymphe en secret rougit de sa victoire,
Que sa fierté doit m'outrager !

J'ignore, il est vrai, ma naissance,
Mais, c'est à mon cœur d'en juger ;

Eh !

Je sens que je ne suis berger
Que par ma sincere constance.

Eh ! que me sert, hélas ! tant de perseverance !
Pour les maux d'un amant, Enone est sans pitié,
Elle n'offre à mes feux que la froide amitié,
C'est un nom qu'elle donne à son indifference.

I S M E N E.
C'est un nom qu'emprunte l'Amour,
Pour le bonheur d'Enone il la trompe en ce jour.

Un amour déguisé n'en est que plus aimable.
Lorsqu'il ne veut pas se nommer,
Il ne paroît pas redoutable
Nous l'aidons à nous desarmer ;
Un amour déguisé n'en est que plus aimable.

P A R I S.
Connoissez mieux Enone & son superbe cœur,
Elle m'ordonne, hélas ! d'éteindre mon ardeur.
Ah ! que j'obéis mal à cette loi severe !
Je sens bien que mon cœur la veut toûjours trahir,
Deussai-je de la Nymphe attirer la colere....

I S M E N E.
Si vous craignez de lui déplaire,
Gardez-vous bien de lui mieux obéïr.

Mais voulez-vous pénétrer dans son ame,
Feignez de ressentir une nouvelle flâme.

D

PARIS.

Moi paroître inconſtant ! quel remede fatal !
  Mon cœur pourra-t-il ſe contraindre ?
  Dieux ! qu'il m'en coutera pour feindre,
  Et que je feindrai mal !

ISMENE.

Cherchez à vous guerir, ou ceſſez de vous plaindre.

Amans, lorſque l'objet qui vous à ſçu toucher
Vous déguiſe l'ardeur dont ſon ame eſt ſaiſie,
Feignez qu'un nouveau nœud vient de vous attacher :
    L'impetueuſe jalouſie
Sçait démaſquer l'Amour qui cherche à ſe cacher.

J'apperçoi chaque jour dans les yeux de Floriſe
Que ſon ame pour vous en ſecret eſt épriſe,
Par des ſoins affeétez amuſez ſes deſirs,
Profitez du conſeil que mon zele vous donne,
    Et faites s'il ſe peut qu'Enone
Vous, reproche vos feints ſoupirs.

PARIS.

Amour pardonne moi cet innocent outrage !

Floriſe paſſe au fonds du Theatre.

ISMENE.

Floriſe paroît ſous l'ombrage,

Paris allez à ses genoux
Lui presenter un faux hommage.
Je vais chercher Enone… elle vient. Hâtez-vous
Pour calmer vôtre cœur, rendez le sien jaloux.

PARIS.

Quel sera mon destin & que puis-je prétendre?

ISMENE.

Allez, je vais bien-tôt l'apprendre.

Paris suit Florise dans le bocage aux yeux d'Enone qui aborde Ismene.

SCENE III.

ENONE, ISMENE.

ENONE.

Ciel! qu'ai-je vû? quel changement, ô Dieux:
Paris cherche Florise & la suit à mes yeux;
Hélas! est-ce le prix que devoit en attendre
Mon amitié si sincere & si tendre?
Que deviendrois-je Ismene en ce funeste jour
Si mon credule cœur s'étoit laissé surprendre
Aux trompeuses douceurs du dangereux amour?

ISMENE.

Pourquoi se plaindre d'un volage
Lorsqu'on ne veut pas s'engager ;
Quand il sort de nôtre esclavage
Il nous sert loin de se vanger.

Un tendre amant sçauroit peut-être
Flêchir un jour nôtre fierté,
Un inconstant nous fait connoître
Tout le prix de la liberté.

ENONE.

L'ingrat ! par quels transports il a sçu me surpren-
dre ;
Qu'il paroissoit sincere & tendre !
Qui n'auroit cru ses soins & ses sermens ?
Ah ! je fuirai toûjours l'amour & les amans…
Mais est-il tems encor ? … mes soupirs … mes allarmes,
Mes tristes yeux baignez de larmes,
Tout ne m'instruit que trop de mon cruel malheur…
Eh ! puis-je me méprendre à mon inquietude ?
N'est-ce pas m'accuser d'une secrete ardeur
Que d'accuser Paris d'ingratitude ?
Pourroit-il être ingrat s'il n'étoit pas aimé ?
Amour ç'en est donc fait, mon cœur est enflâmé !

Amour ta rigueur est extrême,
Tu me laisses des fers qu'un volage à rompus,
Et je voi qu'il ne m'aime plus,
Dans le fatal moment où je sens que je l'aime.

J'ignorois ma défaite, Amour, cruel vainqueur,
    Dieux ! je ne sentois pas mes chaînes !
    Et c'est, hélas ! par tes plus rudes peines
Que tu te fais connoître à mon sensible cœur.
     Amour, ta rigueur est extrême !
Tu me laisses des fers qu'un volage a rompus,
    Et je vois qu'il ne m'aime plus
Dans le fatal moment où je sens que je l'aime.

I S M E N E.

Peut-être que Paris… mais ô Ciel ! c'est lui-même,
Fuyez… vous balancez, vous ne répondez pas…

E N O N E.

Puis-je mieux te répondre ? hélas !

SCENE IV.

PARIS, ENONE.

PARIS.

VOus ne voulez de moi qu'une amitié parfaite,
Enone, ç'en est fait, vous serez satisfaite.
Vous ne vous plaindrez plus des transports de mon
    cœur
Je viens de briser vôtre chaîne,

L'Amour m'offre un nouveau vainqueur
Florife vous défait d'un amant qui vous gêne.

Quoi pour vous obéïr je brife un nœud charmant,
Et vous évitez ma prefence !
D'un fi grand facrifice eft-ce la recompenfe ?

ENONE.

Non , je ne puis le payer dignement...
Volage ! vous avez trahi mon efperance,
C'étoit à la raifon non pas à l'inconftance
A triompher de vôtre amour.
Ah ! que j'ai mal connu Paris jufqu'à ce jour !

PARIS.

Je ferois plus conftant fi vous étiez plus tendre;
Mais un cœur prés de vous n'ofe pas foupirer,
Un amant n'a rien à prétendre,
Je languirois fans efperer,
Je ferois plus conftant fi vous étiez plus tendre.

ENONE.

Ingrat ! peut être un jour ... mais que lui vais-je apprendre ?

PARIS.

Quelle vive douleur peut ainfi vous troubler ?

ENONE.

Si tu ne l'entens pas, elle doit redoubler.

Eh bien! voi tout l'excés de l'ardeur qui m'anime,
    Je ne puis le diffimuler
    Sans te cacher tout l'excés de ton crime;
Perfide tu démens tes foupirs & ta foi
    Quand tu connois que je t'adore…
Que dis-je? non jamais tu n'as brûlé pour moi
Si tu fçavois aimer tu m'aimerois encore:
    Je n'ai pas cru jufqu'à ce jour
    Sentir une flâme fi tendre;
Mais quand mon cœur trompé méconnoiffoit l'a-
    mour,
    Ingrat! devois-tu t'y méprendre?

PARIS.

Belle Enone, eft-il vrai? vous partagez mes feux?
Ma feinte a donc fervi les plus doux de mes vœux.
    Que vôtre courroux eft aimable!
    Il m'apprend que je fuis heureux,
Les finceres tranfports de mon cœur amoureux
    Vous difent qu'il n'eft pas coupable.

    J'ai fuivi Florife à vos yeux
Sans ofer lui parler en fortant de ces lieux;
    Loin de pouvoir achever une feinte
    Qui vient d'affurer mon bonheur,

En vous fuyant mon tendre cœur
N'éprouvoit que trop de contrainte.

ENONE.

Quoi vous m'aimez toûjours ?

PARIS.

Puis-je changer jamais?
Non, fiez-vous à vos attraits.

Prés de vous les beautez mêmes les plus nouvelles
    Perdent le plaifir de charmer,
Et les cœurs que l'amour engage à vous aimer
    Perdent le droit d'être infidelles.

ENONE.

Je méprifois l'Amour & l'Amour irrité
    Pour me punir de ma fierté,
    Dans fes aimables nœuds m'engage.
    Ah! que mon fupplice a d'appas!
    Si l'Amour ne fe vangeoit pas
    Il me puniroit d'avantage.

PARIS & ENONE.

    Regne à jamais fur nos cœurs,
    Amour, fais briller tes charmes,
    Plaignons, plaignons les vainqueurs
    Qui triomphent de tes armes.

On entend des hautbois qui annoncent la fête du retour du Printems.

ENONE.

ENONE.

La fête amene ici les Bergers d'alentour
Du Printems avec eux celebrons le retour.

SCENE V.

PARIS, ENONE, ISMENE, *Bergers, Bergeres,*
& Paſtres.

ISMENE.

Ramene les feüillages,
Les fleurs & les zephirs,
Printems ſous tes ombrages
Viens cacher nos plaiſirs.

CHOEUR.

Ramene les feüillages,
Les fleurs & les zephirs,
Printems ſous tes ombrages
Viens cacher nos plaiſirs.

ISMENE.

A l'Univers tranquile
Que parent tes attraits,
De l'Automne fertile
Annonce les bienfaits.

CHOEUR.

Ramene les feüillages,
Les fleurs & les zephirs,
Printems sous tes ombrages
Viens cacher nos plaisirs.

ISMENE.

Tout semble fait pour plaire,
Printems quand tu parais,
Et le Dieu de Cythere
Est plus seur de ses traits.

CHOEUR.

Ramene les feüillages,
Les fleurs & les zephirs,
Printems sous tes ombrages
Viens cacher nos plaisirs.

UNE BERGERE.

Vous que le doux Printems rassemble dans ces bois,
Chantez oiseaux, chantez l'amour & sa puissance,
Il vous apprend lui-même à celebrer ses loix,
    Et les plaisirs qu'il vous dispense.
La crainte & les soupçons ne troublent point vos vœux,
En comblant vos desirs l'amour les fait renaître,
    Quand vous goutez le plaisir d'être heureux
    Vous ignorez qu'on peut cesser de l'être.

DEGUISEZ.

Vous que le doux Printems rassemble dans ces bois,
Chantez oiseaux, chantez l'amour & sa puissance,
Il vous apprend lui-même à celebrer ses loix,
Et les plaisirs qu'il vous dispense.

ISMENE.

Tendre amour dans nos bois heureux
Tu ne trouve pas de rebelles,
Les Bergers qu'enchaînent tes nœuds
Sont tes Sujets les plus fideles.

Loin de jamais nous allarmer
Du bruit de la raison severe,
Nous ne demandons pour aimer
Que l'aveu du Dieu de Cythere.

Tendre amour dans nos bois heureux
Tu ne trouve pas de rebelles,
Les Bergers qu'enchaînent tes nœuds
Sont tes Sujets les plus fideles.

On termine le Divertissement en reprenant le Chœur.

CHOEUR.

Ramene les feüillages,
Les fleurs & les zephirs,
Printems sous tes ombrages,
Viens cacher nos plaisirs.

TROISIÉME ENTRÉE

L'ESTIME

Le Theatre represente les Jardins du Palais de Julie.

SCENE PREMIERE

JULIE, ALBINE.

ALBINE.

CE jour vous asservit à mille soins divers,
     Cachez vôtre tristesse extrême.
Tandis qu'Auguste en paix gouverne l'Univers,
Sa Fille ne sçauroit regner sur elle-même!
     Rome par d'aimables concerts
Renouvelle les Jeux & la Réjoüissance
Que fit éclore ici vôtre heureuse naissance.
Préparez-vous aux Jeux qui vous seront offerts,
Feignez du moins …

JULIE.

Non, non je ne sçaurois plus feindre
Albine, c'est trop me contraindre;
Je veux connoître Ovide & pénétrer son cœur,
Je veux connoître enfin son heureuse Corine;
C'est en vain qu'il s'obstine
A nous cacher toûjours l'objet de son ardeur.

ALBINE.

Craignez de découvrir vôtre secrette flâme,
Ah! deviez-vous la ressentir jamais?

JULIE.

Dieux! quels reproches tu me fais!
Quand le Fils de Venus triompha de mon ame,
Ne sçais-tu pas qu'il me cachoit ses traits?

L'Amour charmé de me surprendre
Sous le nom de l'Estime, a seduit ma fierté,
En le reconnoissant j'ai voulu m'en défendre,
Mon cœur étoit déja dompté.

ALBINE.

Quelque soin que l'Amour prenne
Quand il veut se déguiser,
On le reconnoît sans peine.
Ce Dieu ne peut amuser
Qu'un cœur épris de sa chaîne,
Et qui cherche à s'abuser.

E iij

Quelque foin que l'Amour prenne
Quand il veut fe déguifer
On le reconnoît fans peine.

JULIE.

Vole, defcens des cieux, amour vainqueur charmant.
Par une nouvelle victoire,
Triomphe de l'objet qui caufe mon tourment,
Vange mon cœur, vange ta gloire ?

Tu dois recompenfer les plus tendres foupirs,
Et cependant, hélas ! dans un autre efclavage
Tu fouffres l'amant qui m'engage !
Amour, fais changer fes défirs
Pour ceffer d'être ingrat qu'il devienne volage.

Vole, defcens des Cieux, amour vainqueur charmant.
Par une nouvelle victoire,
Triomphe de l'objet qui caufe mon tourment,
Vange mon cœur, vange ta gloire ?

ALBINE.

Souvenez-vous d'Augufte & que fon trône un jour...

JULIE.

C'eft un Romain pour qui mon cœur foupire.
La liberté femblable au tendre amour
Egaloit autrefois dans cet heureux féjour
Tous les mortels foumis à fon empire.

DEGUISEZ.

Eh ! comment ne pas m'enflâmer ?
Ovide est favori de la Cour de Cythere,
Nous tenons de lui l'art d'aimer,
Il sçait encor mieux l'art de plaire.
Eh ! comment ne pas m'enflâmer ?

ALBINE.

Il approche, craignez de trahir vôtre flâme.

JULIE *s'écartant.*

Tâchons de découvrir le secret de son ame,
Et quels attraits l'ont sçu charmer ?

SCENE II.

OVIDE *seul.*

Deguisez-bien mon cœur le feu qui vous devo-
re,
Craignez que les Echos n'apprennent vos soupirs,
Et vous volez jeunes Zephirs,
Annoncez dans ces lieux la beauté que j'adore.

Hélas ! quand je la vois que mon sort est heureux !
Sa presence est le prix de mes tendres allarmes :
Admirer en secret ses charmes
Est l'unique faveur que prétendent mes vœux.

Déguisez-bien mon cœur le feu qui vous devore,
Craignez que les Echos n'apprennent vos soupirs,
    Et vous volez jeunes Zephirs
Annoncez dans ces lieux la beauté que j'adore.

SCENE V.

OVIDE, JULIE.

JULIE.

VEnez-vous chercher dans ma Cour
L'objet inconnu qui vous blesse ?

OVIDE.

C'est à nôtre auguste Princesse
Que je dois seulement consacrer ce beau jour.

Je suis chargé des Jeux que Rome vous apprête.

JULIE.

Tandis qu'on dispose la fête
Voudrez-vous contenter un désir curieux ?
Vôtre ardeur trop long-tems au silence s'obstine,
Apprenez-moi quelle est cette aimable Corine
    Que vous cachez à tous les yeux.

OVIDE.

OVIDE.

Ah ! Princesse, épargnez un amant déplorable,
Que lui demandez-vous ? ô Dieux !
Il est assez coupable.

Fidelle au tendre Amour j'ai publié ses loix,
J'ai secondé ses doux exploits ;
Par mes soins plus d'un cœur rebelle
A Paphos offre son encens ;
Hélas ! une peine éternelle,
Des soupirs étouffez, des regrets impuissans
Sont l'unique prix de mon zèle.

JULIE.

Vous me cachez le sort de vos tendres desirs,
Quelle beauté pourroit mépriser les soupirs
D'Ovide amoureux & fidelle ?

OVIDE.

La beauté que j'ose adorer
Ne sçait pas encor mes allarmes,
Et doit toûjours les ignorer.

JULIE.

Pourquoi dérober à ses charmes
Le seul tribut qui peut les honorer ?

De la beauté qu'on aime est-ce offenser la gloire
Que de parler de son ardeur ?

F

Non, chaque fois qu'on nomme son vainqueur,
On renouvelle sa victoire.

O V I D E.

Dieux ! quels combats vous me livrez !

J U L I E.

Les beaux yeux que vous adorez
Sont trahis par vôtre silence.
Que servent à leur puissance
Des triomphes ignorez ?

O V I D E.

Ils font à chaque instant cent conquêtes plus belles.
De cet objet divin tout ressent le pouvoir ;
On éprouve en l'aimant que tous les cœurs fidelles
Ne doivent pas leur constance à l'espoir.

La grandeur de son rang reçoit plus d'un hommage,
Qu'on n'ose qu'en secret offrir à ses appas ;
Mille Amours déguisez qui volent sur ses pas,
Du timide respect empruntent le langage.

J U L I E.

Ah ! ne me cachez plus le nœud qui vous engage,
Nommez-moi la beauté qui vous a sçu charmer.

O V I D E.

Vous peindre ses attraits, n'est-ce pas la nommer ?

JULIE.

Vous me déguisez bien ce que je veux apprendre,
Je ne prétens pas vous gêner.

OVIDE.

Vous feignez vainement de ne me pas comprendre,
Quel supplice à mon crime allez-vous ordonner?

JULIE.

Feindre de ne le pas entendre,
N'est-ce pas vous le pardonner?

Je sçai quelle est vôtre Corine,
Par des soupirs discrets prouvez-lui vôtre ardeur;
Je me charge du soin d'instruire vôtre cœur
Du prix que le sien vous destine.

OVIDE.

Ah! que mon sort est doux & glorieux!

On entend un prélude qui annonce le Divertissement.

JULIE.

Contraignez les transports que vous faites paroître,
On annonce la fête, il faut quitter ces lieux;
Cachez toûjours Corine à tous les yeux,
Je prétens seule la connoître.

F ij

SCENE IV.

Le Theatre change & represente un grand Sallon du Palais de Julie, rempli de Peuples, differens Spectateurs de la fête. Julie arrive & se place sur un trône.

JULIE, ALBINE, OVIDE, *suite de la Princesse,* HABITANS *de l'Isle de Chypre,* INDIENS, SCITHES.

OVIDE.

R Assemblez-vous Peuples divers,
Qui partagez le sort de l'heureuse Italie,
Si Mars aux loix d'Auguste a soumis l'Univers,
  L'Amour le soumet à Julie.
  Venez, venez accourez tous,
  Chantez un empire si doux.

CHOEUR.

Que le nom de nôtre Princesse
Vole aussi loin que les amours.
Ses charmes triomphent sans cesse,
Il faut les celebrer toûjours :
Que le nom de nôtre Princesse
Vole aussi loin que les amours.

DEGUISEZ.
UN HABITANT *de Chypre à Julie.*

Nous venons de ces beaux rivages
Dont en tous lieux les charmes font connus;
Nous vous apportons des hommages
Que nous n'avions encor presentez qu'à Venus.

L'amour est seur de la victoire
Quand vos yeux secondent ses coups.
Les traits qu'il emprunte de vous
Ne trahissent jamais sa gloire.

Que feroit-il sans vos appas?
Sans cesse il vole sur vos traces;
Vous avez de nouvelles Graces,
Que Cythere ne connois pas.

L'Amour est seur de la victoire
Quand vos yeux secondent ses coups.
Les traits qu'il emprunte de vous
Ne trahissent jamais sa gloire.

UN INDIEN.

Vous brillez plus que l'aurore
Qui naît dans nôtre séjour.
Et nous croyons être encore
Au lever du Dieu du jour.
Vous brillez plus que l'aurore
Qui naît dans nôtre séjour.

UN SCITHE.

L'Amour dans nos climats n'avoit rien à prétendre,
   Nos cœurs contre lui prévenus
A son pouvoir charmant refusoient de se rendre
Et nous adorions Mars sans connoître Venus.
Contre les plus beaux yeux nous sçavions nous défen-
    dre,
    Bellonne nous occupoit tous.
    Vos attraits ont sçu nous apprendre
    Qu'il est des Triomphes plus doux…

CHOEUR, *les Habitans de l'Isle de Chypre.*

   Chantons, chantons sans cesse
   Nôtre aimable Princesse.

INDIENS.

Que les Ris, que les Jeux rassemblez par l'Amour
Apprennent ses attraits aux Echos de Cythere.

SCITHES.

   Qu'il celebre autant ce beau jour
   Que la naissance de sa Mere.

Tous les Chœurs réünis répetent ces Vers, & finissent le
Divertissement.

FIN.

VEU & permis, le 13. Juillet 1713.
  Signé, M. R. DE VOYER D'ARGENSON.

www.ingramcontent.com/pod-product-compliance
Ingram Content Group UK Ltd.
Pitfield, Milton Keynes, MK11 3LW, UK
UKHW031758170726
13836UKWH00003B/1051